神祕圖書館

這本書的主人是

神祕圖書館偵探3

偷書賊 咒語書 與 大風吹車站

文 林佑儒 圖 25度

目錄

人物介紹

林捷與林宜

十一歲的雙胞胎兄妹，長相相似，性格卻不相同。因為在圖書館裡消磨暑假時光， 意外認識來自圖書館木的管理員，展開了奇幻冒險旅程。

小書籤

外型為黃尾巴蜻蜓，實際上是來自圖書館木的高階圖書館員，負責保護與照顧珍貴的圖書館木種子——彩花籽。

彩花籽

圖書館木的珍貴種子，以藍色蝴蝶的型態移動，喜歡愛書人的氣味。閱讀各式各樣的書籍是她汲取養分的方法。

小書丸

外型為紫金色的金龜子，是小書籤的徒弟。只要吃太飽就會說話不清楚與結巴。協助小書籤照顧圖書館木種子——彩花籽。

人物介紹

咩咩羊三姊妹

雪泡、雪嗶和雪可可，三姊妹是三胞胎，長相一模一樣，必須從配戴的飾品的差異才能辨認身分。曾因在迷路市場裡的咖啡店工作，結識林捷兄妹二人。在本集故事中，在大風吹車站擔任車站播報員。

拇指貓頭鷹

魔法世界中的生物，通常被魔法師使用守護重要的魔法書籍，任務是保護魔法書籍。

大小巫婆

大小巫婆是雙胞胎巫婆姐妹，也是圖書館木中的活人書，外型雖然像小女孩，卻擁有高強魔法。在第一集故事中因林捷與林宜，協助小小巫婆找到失蹤許久的大大巫婆，因此大小巫婆允諾只要林捷兄妹有需求呼喚，必定協助。

第一章 偷書賊

「林宜，剛才老師發的國語考卷，你考幾分？」下課時間一到，林捷立刻跑到林宜的位置上問。

林宜張望四周，一邊為難的低聲說：「哥，你不要現在問，好不好？」

「反正回家後你也會給我看呀！有什麼關係？」林捷嘟起嘴，雙手抱在胸口。

「可是，會被四周的同學聽到耶。」林宜害羞的低下頭，臉頰在瞬間變紅。

「林宜，你的國語一定考得很好，他們只是好奇你考了幾分？你講一下分數嘛！」坐在林宜旁邊的張曉榛說。其實她也很好奇林宜的分數，因為林宜從老師手上領回考卷後，手就緊緊捏著寫著分數的位置，就連老師在跟全班訂正答案，也是如此。

「是呀，林宜，別那麼小氣。你的國語成績一向都是領先的，快告訴我們，你這次考多少？」林捷旁邊的同學王啟安也跟著起鬨。

林宜心裡明白，哥哥和同學們之所以想知道她的國語考卷分數，是要拿她和班上的另一個同學梁智雄比較。果然，王啟安又開口說：「林宜，梁智雄這次考九十七分，你考幾分？」

林宜聽到梁智雄的分數，臉更紅了；她不知道該怎麼辦才好，只能捏著手裡的考卷，心裡默默祈禱上課鐘聲快點響起，讓哥哥和同學們都回到自己的座位。

「我知道！林宜考一百分啦！」梁智雄突然出現，一邊說，一邊抓著頭髮。大家看到梁智雄一出現，全部都露出嫌惡的表情。王啟安甚至捏著鼻子大聲的說：「梁智雄，你比兩隻熊還臭！你別靠過來，算我怕你！」

梁智雄聳聳肩膀，一臉不在意的說：「我只是來告訴你們，老師改考卷的時候我剛好坐在他旁邊，所以有看到林宜的分數。」說完，他就轉身離開教室。除了林宜，所有的人都在這時候誇張的吐了一口長長的氣。

「那個人怎麼可能考九十七分？一定是撿到老師的考卷解答！」王啟安雖然沒有指名道姓，但是所有的人都知道，他說的是梁智雄。

「對不起，我……我要去上廁所。」林宜滿臉通紅的說完，立刻站起來離開座位。

離開教室之後，林宜才覺得鬆了一口氣。自從梁智雄的

功課莫名其妙變好之後，同學們特別喜歡拿她和梁智雄的成績比較，讓林宜覺得很困擾。

這時候，梁智雄突然從走廊的另一頭跑過來，對著林宜說：「我沒有偷老師的考卷答案。跟你說喔，我在寫考卷的時候，答案就自動出現在格子裡了；我考九十七分，是因為交考卷前，我用力擦掉其中三題。真的，我沒騙你！」梁智雄說話的時候，身上散發著一股異味，林宜知道那是很久沒洗澡造成的，因為她曾經在街上和流浪漢擦身而過，流浪漢身上也是散發著相同的味道。

林宜的臉頰又在瞬間脹紅，發燙，她正想開口說話，林捷一個箭步跑向前，擋在林宜面前說：「梁智雄，請你離開。」

梁智雄瞪著林捷，咬了咬嘴脣之後，又看了林宜一眼說：「拜託你一定要相信我！」然後轉身離開。

「你不會相信他的鬼話吧？」林捷看著梁智雄的背影說。

林宜沒說話，她覺得梁智雄說的話很奇怪，但是他說話的表情看起來很認真，不像是說謊。

「可是，如果梁智雄作弊，老師應該會發現。」這時林宜看到梁智雄經過教室，獨自一個人站在廁所走廊前面，然後又離開，消失在走廊的盡頭。

林捷接著說：「嗯，也是有道理。我們和梁智雄同班那麼久，他的功課一直很差，每次考試總是不及格，甚至連自己的名字都會寫錯；但是從上個禮拜開始，他的成績突然變那麼好，難怪大家都懷疑他作弊。其實，我有發現老師特別注意梁智雄，老師應該也會覺得奇怪才對。」

「林捷！我找到了！我找到了！」王啟安從教室門口一邊跑向林捷一邊大喊。林捷看見王啟安手上拿著一本破舊的書，氣喘吁吁的在他和林宜面前停下腳步。

「王啟安，這是什麼？」林捷問。

王啟安上氣不接下氣的說：「證據！這本書從梁智雄的抽屜裡掉下來。這是證明梁智雄是小偷的證據！」說完，他把書遞給林捷。

「你是說，梁智雄偷了這本書嗎？從封面的插圖看起來，應該是

《白雪公主》吧？」林捷仔細的看著手上的書。這本書看起來又舊又髒，封面上有一個黑髮大眼睛，穿著漂亮禮服的女孩，應該就是白雪公主，她身邊還圍繞著七個小矮人。但不知道是因為過於陳舊，還是原來的設計，這本書封面的顏色是黑白的，書名和內頁的文字也不是中文。林捷第一次看到這麼奇怪的童話故事書。

「你怎麼知道他偷了這本書？也許是他從家裡帶來學校，或是別人送給他的禮物。」林宜說。

王啟安已經恢復正常的呼吸頻率，理直氣壯的抬起頭說：「我雖然沒有親眼看到他偷書，不過你們看，這本書是英文書，上學期他的英文老是考零分，他怎麼可能看得懂英文故事書？這就可以證明這本書不是他的。還有，這幾天只要有時間，我都偷偷跟蹤他，想調查他到底有沒有考試作弊，結果發現他常一個人鬼鬼祟祟的在廁所附近徘徊。」

「這看起來不像是英文，因為英文沒有這些奇怪的符號。」眼尖的林捷發現內文多出了很多陌生的符號。

「好吧，就算是這樣，不是更詭異了嗎？還有，你們看這一頁，我親眼看見他拿鉛筆畫的！」王啟安翻到白雪公主和王子結婚的那一頁，白雪公主的臉被塗成黑色。

林捷指著白雪公主的臉說：「奇怪，梁智雄討厭白雪公主嗎？他不但把白雪公主的臉塗黑了，而且看起來還是很用力的塗呢。白

Glückliche Hochzeit

雪公主都成了黑臉公主。」

「可能吧，我看到梁智雄用鉛筆畫這本書的時候，表情看起來好像很生氣的樣子，自動鉛筆筆芯還斷了好幾次。這下罪證確鑿了吧？林宜，你先幫我保管一下這本書。我要去報告老師這件事！」

王啟安說完，立刻跑回教室。

林宜接過書，翻了翻，抬頭看著林捷說：「可是，我覺得這件事和梁智雄考試有沒有作弊，並沒有直接的關係呀。」

林捷聳聳肩膀說：「沒辦法，同學們都不喜歡梁智雄。這件事太不尋常了，難怪大家都懷疑他考試作弊。」

林宜低頭繼續翻書，突然間，她喊了一聲：「唉唷！」

「林宜，你怎麼啦？」林捷問。

「哥，你為什麼打我一下？」林宜問。

林捷一臉莫名奇妙的說：「哪有？我沒有打你呀！」

「感覺有人打我的頭，我以為是你。」林宜露出擔心的眼神，環顧四周——除了哥哥和自己，沒有其他人。

「偷書賊！把書還給我！」一個尖銳而細小的聲音傳進林宜的耳朵，讓林宜全身的肌肉瞬間緊繃，她嚇得連手上的書都掉到地上，也不敢彎下身撿。

「林宜，你怎麼啦？看你被嚇得臉色慘白，別怕，有我在。」林捷彎腰幫林宜撿起地上的書，突然覺得有人用拳頭在他的頭上敲了一記。林捷立刻警覺的拉起林宜的手，然後小心的觀望四周——依舊是一個人都沒有。

「都沒有人哪！」林捷喃喃的說。

「哥哥，就是都沒有人才奇怪呀。你不覺得太安靜了嗎？」林宜意味深長的看了林捷一眼，又繼續說：「剛才我聽見有人罵我是偷書賊，害我嚇了一跳。」

「哦？有嗎？只聽見嗡嗡嗡的聲音，我還懷疑是不是小書籤帶著彩花籽和小書丸來找我們了。」林捷刻意壓低聲音說話，眼睛也依然保持著警戒，觀察四周。

「嗨，你們好！」梁智雄突然又出現在走廊，臉上堆滿笑容。

「梁智雄，你怎麼又出現在這裡？」林捷說話時迅速的看了看自己手上的錶，然後和林宜交換了眼神。

「嗯，在時間暫時凍結的狀態裡，你們兩個還能行動自如，不受限制。看來我的判斷完全正確——你們兩個，就是最近傳說中被圖書館木一級館員委派的書偵探，對吧？」梁智雄雙手抱胸，下巴微微揚起，眼神變得十分銳利。

林宜想起之前梁智雄跟她說話的表情，和現在對比，根本就是判若兩人，有一個念頭很快的閃過林宜的腦袋，然後溜出嘴邊：「你應該不是梁智雄吧？快說，你到底是誰？」林宜一開口，就讓林捷嚇了一跳，雖然他也在心裡猜測，卻不敢貿然開口。

「呵呵，挺聰明的，你馬上就發現了。雖然是人類，沒有魔法，但是觀察力還不錯。給你一個建議，既然有難得的機會當書偵探，還可以進入圖書館木，應該把握機會好好學習魔法，說不定會變成一個出色的魔法師。」梁智雄帶著欣賞的眼光看著林宜，沒有直接回答問題。

雖然林宜心裡覺得害怕，但是還是緩緩的深呼吸一口氣之後說：「請你回答我的問題，你到底是誰？為什麼假冒梁智雄？」

「我的身分，現在無可奉告。不過，現在我有一件更重要的事要請你們幫忙。」梁智雄說。

「幫忙？你要我們幫什麼忙？」林捷問。

梁智雄指了指林捷手上拿的那本書，說：「這本書缺了很重要的一頁，我需要你們去一趟圖書館木的咒語書區，幫我找出修補書的咒語，讓這本書恢復原來的樣子。」

「可是我們只是平凡的人類，不懂咒語。」林捷十分謹慎的回答。

「而且我們也不知道怎麼去圖書館木，每一次都是小書籤帶我們去的。我猜你是用魔法控制梁智雄，還把時間凍結，所以你應該是魔法師吧？如果你這麼厲害，為什麼不自己進去圖書館木找？」

梁智雄露出笑容說：「沒錯，我的確是個魔法師。因為咒語書區的書擁有強大的力量，只有圖書館木一級館員或是高階資深魔法師才能夠進入咒語書區。我聽說書偵探可以進入圖書館木，藉助兩位的力量，會比我自己去容易許多。以你們目前的狀況，不知道如何進入圖書館木是很正常的，不過別煩惱，我已經放出我的匿名信精靈，通知圖書館木管理員：你們手上有這本書——它被列入圖書館木失蹤藏書名單中，相信應該很快就會有人來找你們囉！」

「如果，我不願意幫忙呢？」林宜瞪著梁智雄問。

「哦？有人好像不太喜歡我呢！沒關係，那就只能眼睜睜看著你們的同學——也就是『我』——繼續做出一些讓大家跌破眼鏡的事囉！」

梁智雄指指自己，然後故意用雙手掐住自己的脖子，對著林宜眨了眨眼睛，還誇張的伸長舌頭。

林宜聽了皺起眉頭，林捷用力的捏了林宜的手，示意她別再說話，然後開口說：「可以請問一下，這本書是你的嗎？」

梁智雄聽了，換上嚴肅的表情，說：「嗯，是我的。」

「這本書是《白雪公主》對吧？為什麼是黑白印刷？而且裡面的字看起來不像英文？」林宜問。

「既然你們問了，就老實告訴你們。這是兩百多年年前出版的《白雪公主》，作者格林兄弟是德國人，裡面的文字當然是德文，而不是英文。」

「兩百年前的出版《白雪公主》？年代這麼久遠，卻還保存得這麼完整，它應該不是尋常的書吧。這本書的紙張含有圖書館木的紙漿？還是一本魔法書呢？」林捷接著問。

「關於這件事，要解釋清楚可能要花上一天一夜的時間，總之，這本書的確如你推測的一樣，不是尋常的書。回到事情的重點，你們願意到圖書館木替我找出修書咒語嗎？」梁智雄說。

「還有一個重要的問題：剛剛有人打了我妹妹的頭，還罵她是偷書賊，那是你做的嗎？」林捷繼續問，一邊仔細的觀察這個「梁智雄」的表情。

梁智雄斷然的搖頭說：「當然不是。至於亂打人的那個傢伙，你們就不必在意了。如果可以靠自己的能力做到這件事，我也不會這樣大費周章的潛入人類世界，請你們幫忙。所以，關於我的委託，你們接受嗎？」林捷看得出來，梁智雄的眼神雖然強悍，但是有一絲無奈。

林宜很想搖頭，然後大聲拒絕，但是一想到真正的梁智雄說話的神情，林宜覺得梁智雄並不因為自己的考試成績沾沾自喜，反而是充滿焦慮。她只能咬了咬嘴唇，看著林捷說：「哥，看來我們沒有別的選擇，只能答應他了。」

林捷也點點頭說：「應該是吧。」

「那要請你們兩位伸出大拇指，在書的封面上蓋個指印，代表委託成立。」梁智雄說完，林捷與林宜兄妹同時伸出右手大拇指，依照指示，蓋上了指印。

蓋上指印後的書封，一點變化都沒有，林宜忍不住說：

「什麼都看不見，怎麼證明我們已經蓋了指印呢？」

「哈哈，你們是人類，當然看不見。我看得見就行了！委託正式成立。如果沒有達成我的委託，你們的同學會有悲慘的下場！等一下我會發出一陣魔法傳送風，送你們到大風

吹車站；到了車站後，留心通往圖書館木的班車，然後進入圖書館木中找出修書咒語。再次提醒你們，我和你們的同學梁智雄會在人類的世界中耐心等候。時間不多了，該出發了！」梁智雄露出既得意又邪惡的笑容，對著林捷兄妹眨了眨眼睛，然後張開雙手，大喊：「魔法傳送風，送書偵探到大風吹車站！」

林捷還想再提出問題，但是一陣風聲在他的耳邊呼呼的吹起，他警覺的立刻一手緊握妹妹的手，一手抓著書。一開始風聲像是有人在吹口哨般，發出尖銳高亢的聲響，之後聲音愈來愈大，像是怒吼中的怪物。奇怪的是林捷絲毫感受不到風的吹拂，但是眼睛像是被強風襲擊似的，無法睜開。他不知道林宜是不是有相同的感覺，但還是提醒妹妹：「林宜，快點把眼睛閉起來！」

好不容易終於等到風聲停止，林捷睜開眼睛，發現林宜還緊閉雙眼，一臉緊張的樣子，他拉一拉林宜的手說：「好了，林宜，應該沒事了。」林宜才小心翼翼的睜開雙眼。她看到林捷在身邊，臉上立刻浮現安心的表情。

「這是什麼地方？」林宜環顧四周，發現她和哥哥站在一個空曠的大草原。綠色的草原無邊無際，就像海洋一樣看不到邊界。

「這裡肯定不是人類世界！我們是在圖書館木裡嗎？還是在魔法世界的某一個角落？」林捷說。

這時，一個熟悉的聲音從後方響起：「嗶！嗶！嗶！十分鐘後，微風列車即將抵達，想漫無目的旅遊、閒晃的旅客，請在慢吞吞月臺上車，謝謝合作。」林宜回頭看說話的人，她驚訝的說：「你是，你是雪……」

「嗯，沒錯，我是雪泡。好久不見，兩位書偵探。」雪泡對著林捷和林宜兄妹眨了眨眼睛。

第三章 大風吹車站

一看到雪泡，林捷和林宜兄妹就確定自己來到了魔法世界。

上一次為了找回失竊的毒蘋果魔法書，林捷和林宜兄妹來到魔法世界，他們在迷路市場裡的咩咩羊咖啡店，遇到雪泡、雪嗶和雪可可三姊妹。因為三姊妹長得幾乎一模一樣，如果不是雪泡自己說出名字，林捷和林宜也無法分辨。雪泡的頭髮依然捲捲的，眼睛圓溜溜的，只是身上穿的不再是滾邊白色圍裙，而是深藍色的西裝外套搭配雪白襯衫，胸前掛著一個哨子，下半身是筆直的長褲，頭上戴著藍色貝雷帽，看起來就像個帥氣俐落的車站站長。

「雪泡，為什麼你會出現在這裡呢？雪嗶和雪可可怎麼不見了？」林捷問。

「因為你破解了我們的謎題，所以我們被咖啡店老闆解僱了，只好換新的工作囉。現在我們是大風吹車站的播報員，我、雪嗶和雪可可負責不同種類列車進站時的播報工作。」

「是這樣呀，原來這裡是大風吹車站。」林捷環顧四周，突然想起藉著年輪椅前往迷路市場的時候，途中和小書籤、小書丸還有彩花籽失散了，小書籤當時提過年輪椅把他們送到大風吹車站。

「請問慢吞吞月臺在哪裡呢？」林宜問。

雪泡指著前面說：「慢吞吞月臺就在前面不遠的地方，你走一千步就到了。」

「可是，前面除了草原，什麼都沒有呀。」林捷疑惑的問。

「除了草原，還有天空呀。風沒有顏色，也沒有形狀。但是這裡之所以命名為大風吹車站，是因為天空的雲朵和顏色，會預告列車到達的種類和時間喔。」

林宜抬頭看，天空裡只有一小朵白雲，就在前方；天空是潔淨的湛藍色，就和夏天的大海一樣美麗。

「雲朵變顏色了！」林捷驚訝的指著天空，原本是白色的雲朵轉成淡藍色。

「嗯，那是因為微風列車快到了。」雪泡的眼神直盯著前方。

「等列車到的時候，雲朵會變成和天空一樣的藍色，然後消失，對嗎？」林宜問。

雪泡點點頭說：「沒錯。你們想搭這班車嗎？這班車免費喔。」

「免費？為什麼？」林捷問。

「因為這班車的速度很慢，慢到你不覺得自己在搭車。而且沒有目的地，去哪裡也不知道，說不定會因此到達魔法世界最遠端的角落呢！」雪泡說完，突然抓起胸口的哨子吹了兩聲，大聲的說：「微風列車已經進站，要搭車的旅客請盡快上車。」林捷抬頭看了一下天空，那朵雲果然消失，但前方依然沒有看見任何人或是車。

「什麼都沒有呀！」林捷說。

「哥，仔細看！」林宜拉拉林捷的手，指了指前方的草地，綠草微微的擺動著——有風來了。

「沒錯，那就是微風列車，要搭車嗎？」雪泡問。

林捷和林宜同時搖搖頭，林捷說：「我們需要仔細想一想！」

「微風列車即將離站！」雪泡大聲的喊著。

「沒有人搭車，對吧？」林捷說。

「嗯，沒錯。」雪泡點點頭，抬頭看了一下天空，皺著眉頭說：「下一班車快來了，奇怪，雪嗶怎麼還沒出現呢？」

「因為下一班車會遲一點才抵達，所以我可以晚一點到。」雪嗶突然出現在雪泡的身後。

「而且，有另一班列車會臨時插隊，所以我也來了。」雪可可站在雪嗶身後，探出頭來說話。

林宜很仔細的看著雪泡、雪嗶和雪可可三姊妹：上一次見面時她們身上戴的鉛筆飾品都不見了，這次大家的頭髮都別了上髮夾——雪泡的是太陽髮夾，雪嗶的是月亮，雪可可的則是星星。三姊妹穿著一模一樣的衣服，如果沒有髮夾，林宜根本無法分辨她們是誰。

「剛剛看到你們三位，因為太驚訝了，以致於忘了問最重要的問題。請問，這裡有沒有車子可以到圖書館木呢？我們要前往圖書館木。」林宜問。

「有呀，龍捲風列車和海上狂風暴雨列車都有機會到圖書館木，最棒的是這兩班車也都免費。」雪嗶說。

「為什麼免費呢？」林宜問。

「這兩班車最重要的目的地是奧茲國和金銀島，但是因為故障率很高，老是把乘客送到奇奇怪怪的地方，像是傑克爬上魔豆莖頂端的巨人屋，或是睡美人的城堡，也曾經誤把乘客送進圖書館木，所以乾脆免費。」雪可可接著說。

「奧茲國？就是《綠野仙蹤》故事裡的奧茲國嗎？吉姆去過的金銀島？會不會看到寶藏呢？魔豆莖頂端的巨人屋？好想看看巨人的大餐桌上有什麼？還有下金雞蛋的母雞！睡美人的城堡？所有的人

都沉睡的城堡裡，空氣是什麼味道？」林宜因為過於興奮，忍不住問了一大串問題。

「沒錯，就是《綠野仙蹤》裡的奧茲國，至於金銀島上有沒有寶藏？巨人的大餐桌上有什麼？睡美人的城堡裡空氣是什麼味道？誰知道呢？」雪可可回答的語氣很平淡，或許對雪可可來說，奧茲國和菜市場裡的青菜蘿蔔一樣，沒什麼稀奇。但是對林宜來說，真的是太有吸引力了，如果不是有任務在身，她很想去一趟奧茲國，跟著桃樂絲、錫樵夫、膽小獅子還有稻草人一起踏上冒險之旅，順便參觀翡翠城。

「除了這兩班車，沒有別的車直達圖書館木馬？」林捷不死心的再接著詢問。

「有喔，還有一班叫做卡不理季風列車，車票費用是一個金雞蛋或是三根人魚公主的頭髮。」雪可可說。

「誰能拿到金雞蛋，或是人魚公主的頭髮？這根本不可能呀！」林捷忍不住發出抱怨。

「沒辦法，想搭直達車，就必須要有高強的魔法，這是魔法世界的規矩。」雪嗶兩手一攤，繼續說：「就算你們準備好了車票費用，這班車兩百五十年才有一個班次，據說上一班次的列車是二十年前。你們要等嗎？」雪泡偏著頭問。

「根本不可能等得到呀！哥，這下該怎麼辦呢？」林宜苦著臉看

著林捷。

這時，雪可可突然抬起頭，仔細的搜尋天空，然後拉起胸口的哨子，用力吹了兩聲之後大聲的說：「各位旅客請注意，十分鐘之後，龍捲風列車即將抵達，想要搭乘的旅客請到慢吞吞月臺等候。」林捷和林宜同時注意到，就在他們的頭頂上，有一朵形狀像冰淇淋的雲出現了。

「哥哥，怎麼辦才好？到底要不要搭車呢？」林宜緊張的問林捷。林捷抬頭看那朵冰淇淋雲，又低頭想：不搭車就到不了圖書館木，搭了車又可能到自己無法預料的世界，真是兩難呀！

看林捷一臉為難的樣子，雪可可開口了：「其實，如果你想去圖書館木，還有一個方法喔。」

林捷原來黯淡的眼神在瞬間被點亮，他急切的問：「哦？快說，什麼方法？」

「就是用一本來自圖書館木的書，召喚前往圖書館木的專車。」雪嗶接著說。

「可是，我們沒有來自圖書館木的書。」林宜的臉上浮現疑惑與擔憂的表情。

「真的沒有嗎？林捷的口袋看起來鼓鼓的，而且我好像隱約聞到書的味道，感覺應該是本美味的書——你的口袋裡有一本書，對吧？」雪泡眼睛直盯著林捷的外套，林捷才想起他把那本《白雪公主》塞進外套內側的口袋裡。

林捷立刻想起第一次在咖啡店遇到三姊妹時，雪泡曾經說過，書對羊來說是美味無比的食物，尤其是特別的魔法書。不過兩兄妹已經對梁智雄承諾要修補這本書，萬一書被三姊妹吃下肚子就糟了。林捷馬上用右手護住外套口袋，說：「這本不行，而且這本也不是來自圖書館木的書！」

「是不是來自圖書館木的書，我們可以幫你鑑定喔。看你怎麼選擇囉。如果不想冒著被送到奇怪國度的風險，只有這個辦法可以讓你們直接到圖書館木。」林捷把口袋裡的書抱得更緊了，因為他發現雪嗶說完這句話之後，用力的吞了吞口水。

「啊！雲開始變色了，龍捲風列車快到了！」雪可可抬頭看了看天空說。

林捷看著逐漸變成藍色的冰淇淋雲，又看了看林宜，心裡想著，如果小書籤在就好了。

林宜看著天空的冰淇淋雲顏色愈來愈接近天空的湛藍，耳邊出現急速的風聲，她開口問：「如果我們要搭車，該怎麼上車呢？」

「只要走到慢吞吞月台，對著上方的雲朵招招手，就可以登上列車囉。你們確定要搭嗎？」雪嗶說。

還沒等林捷開口，林宜搶著說：「當然！哥，在前方一千步的地方，快跑！」

「哦？」雪泡驚訝的瞪大眼睛。

「哦？真的嗎？」雪嗶抬頭看著天上幾乎快消失的雲朵。

「哦？真的嗎？不要後悔喔！」雪可可露出十分遺憾的表情。

林宜打從心底不信任三姊妹，她抓起哥哥的手快步往前跑。林捷看了妹妹一眼，他了解林宜的想法，立即伸出右手，對著頭頂上的雲朵招招手——林捷幾乎快要看不見那朵冰淇淋雲，現在的雲只剩下不太明顯的輪廓。

雪泡、雪嗶和雪可可三姊妹一臉不情願的齊聲說：「大風吹車站祝兩位旅途愉快！」然後轉身快速離開。林捷和林宜知道列車馬上就到了。

冰淇淋雲已經澈底消失在天空中，在同樣的位置出現了一個小黑點；小黑點開始旋轉，體積跟著愈來愈大，愈來愈長，愈來愈接近地面。林捷認出那是龍捲風的形狀——雖然他不曾親眼看過龍捲風，但是他在科學月刊裡看過龍捲風的照片，它像是一個巨大的狂風怪物，可以毫不留情的拔除地面上所有的東西。

龍捲風列車發出如同怪獸般的怒吼聲，同時，林捷對著妹妹大吼：「林宜，拉緊我的手，眼睛閉起來喔！」

儘管心裡非常的不安，林宜對著哥哥點點頭。她不敢抬頭看即將覆蓋他們的龍捲風列車，又不想閉上眼睛，只能盯著自己的鞋子看。忽然間發現左腳的鞋子上停棲著一對熟悉的藍色翅膀——是彩

花籽！林宜想告訴哥哥林捷，但是她發現自己的聲音被龍捲風列車發出震耳欲聾的響聲所覆蓋，連自己都聽不見。最糟的是她覺得身體輕飄飄的，像是一件被丟進巨大洗衣槽的衣服，被捲進強大的漩渦之中。彩花籽怎麼辦？哥哥怎麼辦？那個假梁智雄說他已經通知圖書館木管理員，所以小書籤和小書丸也來了嗎？林宜好擔心，只能緊緊拉著哥哥的手。這個時候，可以找誰幫忙呢？

她突然想到大大巫婆與小小巫婆曾經說過，只要大聲呼喊她們的名字，兩位巫婆隨時都會來幫忙。林宜張開喉嚨，用盡全身的力氣大喊：「大小巫婆姊妹，快點來幫助我們！」

龍捲風列車發出的轟隆聲，讓林宜幾乎聽不見自己的聲音。很快的，不知道為什麼，林宜覺得頭昏昏的，眼皮酸酸的，她發現自己被捲入一股濃濃的睡意中，只能沉沉的睡著。

第四章

等待檸檬軟糖雨

當林宜睜開眼睛時，她的頭依然昏昏沉沉的，睜開眼睛發現自己躺在硬邦邦的床上。她立刻看了看旁邊，還好哥哥林捷就躺在旁邊，讓她覺得安心許多。接著，有一個熟悉的聲音在她耳邊響起：

「謝天謝地，你們終於醒了！」

林捷和林宜立即起身。林捷好奇的張望四周，他發現自己身在一個窄小的房間裡，空氣中散發著濃濃的舊木頭味道，房間只有一扇窗戶，可以看到外面的天空。現在是晚上，天空掛滿閃閃發光的星星；從窗戶吹進來的風，又涼又輕。房間內有兩個矮小的女孩，兩人都有一頭長長的黑髮，同時露出缺了門牙的笑容。林宜開心的對著兩個小女孩說：「大大巫婆，小小巫婆，真的是你們！還好你們聽見我呼叫的聲音，太好了！」

小小巫婆撥了撥遮住眼睛的頭髮說：「那是當然，只要是我們巫婆許下的承諾，就一定會做到；如果食言，可是會被巫婆之神懲罰。還好你記得呼叫我們。龍捲風列車風力強大，很容易把乘客送到魔法世界裡偏僻的角落，你們兩個沒有魔法的人類居然敢搭上龍捲風列車，膽子實在太大了！」

大大巫婆也點點頭說：「對呀，謝謝你們上次用書菜種子把我救回來，我答應過你們，以後只要開口呼喊我們的名字，我們就會立刻現身幫忙。」

林捷和林宜看著眼前這對雙胞胎巫婆，長得幾乎一模一樣，但是小小巫婆習慣拿著一只布娃娃，所以能辨別她們的身分。

「我們搭上龍捲風列車，是因為想到圖書館木。所以，我們現在是在圖書館木裡嗎？」林宜滿臉期待的問。

「呃，不是！老實告訴你們，這裡是魔法世界的某個角落，是巫婆們的祕密藏身地，我們因為巫婆身分，可以自由出入圖書館木和魔法世界。只是，帶你們進來這裡已經有點為難了，就請別再追問這是什麼地方，可以嗎？」大大巫婆的表情有些嚴肅。

「很抱歉，我們正好在忙一件重要的事，因為還沒完成，只好暫時先把你們兩個帶過來這裡。」小小巫婆鄭重的說。

「我知道了，謝謝大大巫婆和小小巫婆救我和妹妹！」林捷說。

「之前多虧你和林宜的幫忙，我們巫婆姊妹才能團圓。這次能幫上你們的忙，我也很開心。」巫婆大大說。

「請問你們在忙什麼呢？」林宜好奇的問。

「我們在召喚檸檬軟糖雨。」大大巫婆說。

「檸檬軟糖雨？」林捷跟著複誦，想像著酸酸甜甜的檸檬軟糖，像下雨一樣，嘩啦嘩啦的從天上掉落，他的嘴裡開始分泌口水。

「召喚檸檬軟糖雨的過程順利嗎？」林宜用試探性的口吻說。

大大巫婆搖搖頭說：「不太順利。本來召喚檸檬軟糖雨對我和小小來說，是簡單的事，我們曾經聯手讓檸檬軟糖雨下了三天三夜。但這次不知道出了什麼問題，我和小小已經連續召喚三次，不但沒看見半顆檸檬軟糖，連一粒糖渣都沒掉下來，真是氣死人了！」

「唉，反正現在也暫時做不了事，先說說看你們需要我們幫什麼忙吧！」小小巫婆無奈的說。

林捷和林宜輪流把與梁智雄的約定以及被傳送到大風吹車站的事，仔細的告訴大小巫婆姊妹。大大巫婆皺著眉頭說：「聽起來，那個操控梁智雄的魔法師，應該有很厲害的魔法能力，不但能讓人類變聰明，還懂得使用讓時間凍結的魔法。」

「他還指定讓你們進入圖書館木的咒語書區，應該對圖書館木內部有一定的了解，說不定是我們認識的人。那本書可以借我看一下嗎？」小小巫婆說。

林捷點點頭，從外套內側的口袋裡拿出那本書，遞給小小巫婆。小小巫婆一看到封面，立刻睜大眼睛說：「哇，彩花籽在裡面呢！彩花籽怎麼會跟你們在一起呢？」

「真的嗎？還好彩花籽安全的跟來，我還擔心彩花籽被龍捲風列車帶走呢。真是太好了！」林宜露出驚喜的笑容。

林捷和林宜第一次遇到彩花籽是在人類世界的圖書館中，彩花籽的外型雖然像一隻蝴蝶，其實是珍貴的圖書館木種子。彩花籽喜歡愛書人閱讀的愉悅心情，曾經和林宜與林捷一起共讀書本。小書籤是圖書館木一級館員，最常以蜻蜓的樣貌出現。外型像金龜子的則是小書丸，是小書籤的徒弟。通常小書籤與小書丸會和彩花籽一同出現，這一次卻只見到彩花籽，讓林捷忍不住納悶的說：「看來那個假梁智雄真的發出通知，彩花籽來了，那小書籤和小書丸呢？」

「在這裡呢！被那個什麼龍捲風列車捲得頭都昏了，現在才醒來。」小書籤從林捷的外套另一個口袋飛出來，小書丸也跟在後面。

「太好了，大家都平安。」看到小書籤，林捷覺得原本壓在胸口的石頭，突然間消失了。

「香噴噴！香噴噴！」看到小書丸突然一邊大喊，一邊瘋狂的衝向小小巫婆手上的書，林捷想起小書丸的食物是圖書館木的味道，看來他原先猜測這本書可能含有圖書館木的紙漿果然是正確的。

「看小書丸的反應，這本書可能來自圖書館木，或是書的紙漿成分含有圖書館木，是嗎？」林宜看著小書籤說。

小書籤點點頭說：「沒錯，也可能兩者皆是。我接到匿名精靈信，說書偵探帶著圖書館木中失蹤藏書『原版《白雪公主》』，將從大風吹車站搭車到圖書館木。我立刻帶著彩花籽和小書丸出發追蹤你們，還好及時趕到。大風吹車站的列車失誤率太高了，我真擔心你們兩個被帶到不知名的魔法世界角落！」

「為什麼那個假梁智雄不直接讓我們到圖書館木裡呢？」林宜問。

「只有圖書館木的管理員，才有能力把人類直接送進圖書館木，其他的魔法師或是魔法世界的居民，必須要花很大的力量和代價，才能把人類送進圖書館木。不過，到底是誰費這麼大的力氣、潛入人類世界威脅你們，還能通知我來接你們？難道是小書包嗎？」小書籤表情嚴肅的說完，又用力搖了搖頭說：「不可能，這不像小書包做事的風格呀！」

「我也覺得那個假梁智雄不像你妹妹小書包。雖然她一心想要變成最偉大的魔法師，想要超越小書籤，但她看起來不像是會傷害別人的人。不過，我們一直待在這個怪異的小房間裡也不是辦法，是不是應該快點出發前往圖書館木的咒語書區呢？」林捷說完。

聽到林捷的話，大大巫婆和小小巫婆同時皺起眉頭，互相看對方一眼，不說一句話。林宜發現空氣裡升起一股不太對勁的氣氛。

小書籤語重心長的說：「呃，林捷，剛剛已經說過，你現在是在他們的祕密藏身地，這是巫婆很重要的隱身地點。如果巫婆願意帶你進來，表示對你有極大的信任。你這樣說，實在有點不太禮貌。」

聽到小書籤的解釋，林捷立即站起來，對著大小巫婆姊妹深深一鞠躬，滿臉歉意的說：「對不起，我真的不知道！我……我只是想快點解決問題。」

大大巫婆揮一揮手說：「沒關係，對我來說，你們是重要的救命恩人，我和小小是不會生氣的。只是我們現在真的還不能離開這裡，除非成功降下檸檬軟糖雨。」

「沒錯，老實告訴你們吧。我和大大收到一張紙條，上面說如果我們不在月亮下沉之前，在蜂蜜海洋上空下一場檸檬軟糖雨，然後蒐集七顆檸檬軟糖雨滴和一杯蜂蜜海洋水，這次消失的就會是我。」

「這是威脅耶，真是可惡又可恥！」小書籤的聲音裡充滿憤怒。

大大巫婆重重的嘆了一口氣，接著說：「唉，我們也不想理會這樣的威脅，畢竟我們是巫婆呀。但是，我們根本不知道寫紙條的人是誰，說不定就是上次把我打昏、綁架我一百多年的傢伙。如果對方又用同樣卑鄙的手段把小小綁走，那該怎麼辦？」

小小巫婆用擔心的眼神望了望窗外，說：「時間不多了，我估計月亮就要從蜂蜜海洋升起，很快又會下沉，得快點下一場檸檬軟糖雨才行。大大，我們得立刻出發，再試一次吧！」

大大巫婆臉色沉重的說：「嗯，請大家等我們一下。希望這次會成功。」

林宜知道自己幫不上忙，只能點點頭說：「加油，祝你們順利成功。」

大大巫婆和小小巫婆同時取出自己的掃帚，指向天花板說：「現在出發，前往蜂蜜海洋！」，此時屋頂和四周的牆壁突然消失，地板中央升起一支桅杆，桅杆上有一面黑色的布帆緩緩張開。林捷和林宜發現就在短短的幾分鐘裡，他們原來所在的房間，已經變成一艘小船，搖搖晃晃的在海上航行。

此時，月亮幾乎升到他們頭頂的天空中，徐徐的夜風帶來濃濃的蜂蜜香氣。如果不是情況緊急，林捷真想彎下身，把手探出小船，摸摸海水是否像蜂蜜一樣濃稠，再嚐嚐它是否像蜂蜜一樣濃郁香甜？

大大巫婆表情嚴肅的拿出一把破舊的傘，遞給林捷，說：「等一下如果我和小小順利讓天空下起檸檬軟糖雨，請你們一定要打開這把傘。」

林捷慎重的接過傘，點頭說：「沒問題！」

大大巫婆和小小巫婆手拉著手，兩人圍成一個小圈圈，抬頭專心的望著天上的月亮，然後開始大聲唸咒語：

酸乘以酸，等於非常酸，
甜乘以甜，等於非常甜，
酸乘以甜，會變成酸甜滋味，
酸甜滋味都在檸檬軟糖裡，
檸檬軟糖雨嘩啦啦的下吧！
檸檬軟糖雨嘩啦啦的下吧！

出乎林捷和林宜的意料，這個咒語聽起來竟然像一首輕快的歌曲，大小巫婆的聲音清脆高亢，歌聲迴蕩在寧靜的海面上。突然間原來平靜無浪的海面，開始掀起大浪，天空飄來一片又一片的雲朵，遮蓋星星，也掩蔽了月亮，最後覆蓋整個天空。巫婆姊妹並沒有停止歌唱，反而使盡全力更大聲的唱歌。林捷目不轉睛的注意天空雲層，雲層從灰色轉橙色，由橙色轉成黃色，最後變成一顆顆的黃色小點，「啪啦啪啦啪啦」的開始墜落。林捷立即打開傘，不起眼的小傘瞬間變成可以遮蔽小船的大傘，只是傘的形狀有點怪，像個大碗似的朝天空開口。檸檬軟糖雨落在傘面，發出像鞭炮一樣劈里啪啦的響聲，讓林宜緊張的閉起眼睛。

過了幾分鐘，響聲終於停止。林宜張開眼睛，發現哥哥林捷依然緊抓著傘柄，小書籤和小書丸已經從林捷的口袋裡飛出來。

「謝天謝地，終於順利降下檸檬軟糖雨了！」大大巫婆鬆了一口氣，臉上帶著微笑。

「呼，真是費了好大的力氣！」小小巫婆露出輕鬆的笑容。

「請問，我必須一直拿著這把傘嗎？」林捷的雙手依然緊緊握著傘柄。

「抱歉，我都忘了。」大大巫婆伸手接過傘，把傘朝天空一拋，傘立刻縮小成原來的大小，只是依然呈現張開的狀態，裡面裝滿一顆顆黃澄澄的檸檬軟糖。林捷和林宜這才發現，原來月亮已經沉落，天空漸漸泛白，太陽即將升起。

「這檸檬軟糖能吃嗎？」林捷看著覆蓋著細緻糖霜的檸檬軟糖，在陽光照射下閃閃發亮，忍不住吞了吞口水。

「不能吃喔，因為這不是普通的檸檬軟糖。裡頭若加了蜂蜜海洋裡的水，會變成專治眼疾的特效藥，任何的眼疾都可以治好。但是，如果是健康的人吃了它，會馬上失明。」

「原來如此，難怪連平時最貪吃的小書丸也不碰。」林捷恍然大悟的說。

「眼睛失明最好，你這個可惡的偷書賊！」一直被林捷藏在外套內側口袋的《白雪公主》，突然掉落在地上。彩花籽從書頁間飛了出來，跟在彩花籽後面的是一隻如同拇指大小的鳥，惡狠狠的猛啄林捷的臉頰。

「我不是偷書賊啦！」

林捷急忙用手臂擋住臉頰，鳥兒依然不死心的繼續飛到林捷的頭上亂啄一通。

「別胡鬧了！拇指貓頭鷹，你是這本《白雪公主》的守衛者，對吧？」小書籤

開口說話了。

林宜仔細看著林捷頭上的鳥兒，果然是一隻小巧的貓頭鷹。

「你知道我是誰？你也是書的守衛者嗎？」貓頭鷹站在林捷的頭上，睜大圓滾滾的眼睛，盯著小書籤。

第五章

書的守衛者

「我是圖書館木的一級館員，小書籤。他們兄妹是我指派的圖書館木書偵探，不是偷書賊。」小書籤一本正經的說。

「這兩個人類是書偵探？他們明明是偷書賊！」貓頭鷹偏著頭，骨碌碌的大眼睛充滿猜疑。

「你在人類世界時，應該看不到外面的世界，只能聽到聲音，對吧？」小書籤問。

「我聽見他們兩個和偷書賊講話，還答應保管書，他們當然是偷書賊的同夥！我用盡力氣想從書中飛出來，但是還是被魔法困住，只能從書中施展微薄力量，可惜沒能打倒這幾個偷書賊！」貓頭鷹氣鼓鼓的說。

「原來，和梁智雄講話的時候，就是你打了我和哥哥的頭。」林宜恍然大悟。

「沒錯，我叫咕米，是一隻拇指貓頭鷹，也是這本書的守衛者。製作這本書的是一個偉大的魔法師，他賦予我保護這本書的責任，我當然要盡全力保護這本書。」咕米神氣十足昂起頭來，飛到大大巫婆的肩膀上。

「你記得這本書原來放在哪裡嗎？」林捷問。

「當然記得，就在圖書館木裡的童話書區！」咕米偏著頭說。

「那就是有人把這本書，從圖書館木的童話書區帶出去，你知道是誰嗎？」小書籤接著問。

「我只看到一個黑影。說來真是丟臉，當我想保護我的書時，那個黑影居然只用手指頭輕輕一捏，就把我變成透明影子，關在這本書裡，害我只能在書中飛來飛去。」

「那個黑影有說過什麼話嗎？」林宜問。

「說話？應該是有啦，不過因為那七個粗魯的小矮人唱歌、講話總是很大聲，讓我常常聽不清楚外面的聲音。」咕米說話時，眼珠子總是咕溜溜的轉呀轉，十分可愛，讓林宜忍不住一直盯著他看。

「嗯，能把書從圖書館木帶到人類世界，還能輕鬆把拇指貓頭鷹困在書中，聽起來不是個簡單的人物。」小書籤說。

「他和附身在梁智雄身上的傢伙，應該是同一個人吧？」林捷猜測著。

「咕米，可不可以請你仔細想想，除了聽見我和梁智雄說的話，還有沒有聽見別的？」林宜說。

聽到林宜說的話，拇指貓頭鷹咕米開始轉動頭部，向左轉兩百七十度，向右轉兩百七十度，然後再轉動眼睛三次之後說：「我只記得『眼鏡壞了』、『狸貓濃湯』還有……還有什麼呢？可能是『瘋米麵包』吧。」

「狸貓濃湯？瘋米麵包？從來沒聽過這些東西，感覺是很好吃的東西呢。」小小巫婆邊說邊望著站在大大巫婆肩膀上的拇指貓頭鷹。

「咕米，委託我們的人說，這本書缺了很重要的一頁，你知道是哪一頁嗎？」林捷問。

「每一頁都在呀！自從我被關在書裡之後，每天只能在書頁裡逛來逛去，從白雪公主出生，到她被壞皇后迫害，逃入森林，吃了毒蘋果昏死，最後被王子救活，舉行盛大的婚禮。他們講的每一句話，我都可以倒背如流。」拇指貓頭鷹又是神氣十足的樣子。

「會不會是裡面有某一頁被損毀了呢？」林宜突然想到書中有一頁，白雪公主的臉被鉛筆畫成黑臉。

「真的嗎？讓我來檢查看看！」拇指貓頭鷹又開始轉動頭部，向

左轉兩百七十度，向右轉兩百七十度，然後再轉動眼睛三次之後，貓頭鷹的雙眼周圍同時出現黑色圓圈，看起來像是戴上眼鏡。

「哇，咕米戴上眼鏡之後，好可愛！」林宜忍不住驚呼。

拇指貓頭鷹搖搖頭說：「這可不是什麼眼鏡，是檢查書有沒有破損的星光眼圈。我們拇指貓頭鷹因為擁有星光眼圈，所以被列為最棒的書守衛者，很多珍貴的書都是由魔法師指定拇指貓頭鷹來當守衛者。」說完，咕咪便展翅飛到書面前，一頭鑽進書中。

林捷和林宜看著書頁在無人翻閱的情況下，一頁頁被打開；咕米仔細的在每一頁停留，一行一行檢視。一直檢查到最後一頁最後一個字，咕米才終於停棲在書上，說：「呼，好累！在婚禮那一頁，白雪公主的臉的確被塗黑了，但是因為用的是人類的鉛筆，所以我立即修復就沒問題了。只是，有個地方怪怪的——在壞皇后知道白雪公主要嫁給王子的那一頁，原本明亮的房間，突然變得昏暗了。」

「哦？咕米，我可以看一下嗎？」林捷好奇的問。

「沒問題！」咕米張開翅膀，書立刻被翻到某一頁——那頁圖畫的是壞皇后知道白雪公主不但沒死，還即將嫁給王子，皇后憤怒得直跺腳。

林捷仔細的研究這張圖，然後說：「可能這本書是黑白印刷，看起來灰灰舊舊的，所以我們一直沒發現有什麼不對勁。」

「我已經守護這本書超過兩百年了，我十分清楚這本書原來的樣子。這一頁一定出現了問題！」它和原本的圖不一樣了。林宜發現咕米的黑色眼圈正逐漸消失。

此時，原本沉默了好一陣子的大大巫婆開口了：「我想，該是回圖書館木探查究竟的時候了。我們已經順利召喚檸檬軟糖雨，也蒐集到七顆檸檬軟糖雨滴和一杯蜂蜜海洋水。那個寫恐嚇信的人說，只要取到東西，就到圖書館木裡的咒語書區，他自然會出現。如果這次寫恐嚇信的人和之前綁架我的人是同一個，我一定要把他抓起來，帶去圖書館木調查委員會裡接受審判！」

「我們現在要前往圖書館木了嗎？」林捷的眼裡充滿期待。

「沒錯！有彩花籽和小書丸在這裡，到圖書館木的路程會縮短許多喔！」小小巫婆露出笑容。

小書籤看了看所有的人後說：「為了預防萬一，大家手牽著手，比較不容易失散。」

「我看我還是先進去書裡。喂！書偵探，你要好好保護我的書喔！」拇指貓頭鷹說完，立刻鑽進書中。

「沒問題！」林捷立刻把書放進外套的口袋中。

「小書丸，準備好了沒？」小書籤問。

林捷兄妹發現，這時小書籤已經不是黃色小蜻蜓的樣子，外貌變成了一個高高瘦瘦的男子，穿著黃色長袍，眼睛圓亮有神，頭髮短而直，看起來十分帥氣——每當彩花籽需要保護的時候，小書籤

就會變為人形，這才是小書籤原來的面貌。

小書籤拉起林捷和林宜的手，兄妹兩人分別再拉著大小巫婆姊妹的手，彩花籽則停在林宜的肩膀上。所有的人手拉手圍成一個圈，小書丸在正中央。林捷看見小書丸的額頭浮現光芒四射的綠色寶石——那是芽門，也是通往圖書館木的捷徑。林捷和林宜同時感覺被一股溫暖的光束包圍著，讓人覺得像是舒適又安心的擁抱。兄妹倆本來都想睜大眼睛，看看通往圖書館木道路的樣子，但是可能因為太過於舒服，也可能因為疲倦，兩人的眼皮終於不聽使喚的沉重闔上。

「醒醒！醒醒！」聽到小書籤的聲音，林捷還沒張開眼睛之前，就先聞到了濃濃的木頭香氣和書本的味道。一睜開眼，林捷發現自己和妹妹分別躺在吊床上，身上還蓋著一件質地柔軟的毯子。當他想起身時，吊床開始緩緩的降低高度，直到他的腳可以碰觸到地板才停止。當他和林宜下了吊床，吊床又自動升起，瞬間沒入天花板之中，讓兄妹倆看得目瞪口呆。

「這是為了不小心在書區裡睡著的閱讀者設計的休憩蛹；如果你是在熟睡的狀態，休憩蛹會一直掛在天花板上，直到你醒來，它才會垂降下來。」小書籤解釋。

林捷和林宜看了看四周，除了一直延伸到天花板的書牆，連天花板也排滿了書，觸目所及全都是書，讓兄妹兩人不約而同的驚嘆：「哇！好多書呀！」

「可是，把書放在那麼高的地方，怎麼拿得到呢？」林宜問。

「別忘了這裡是咒語書區，有資格進入咒語書區的，除了圖書館員，就是高階資深魔法師。」大大巫婆說完，舉起右手往天花板一指，大聲喊：「噫呼，噫呼，閱讀角鴞，噫噫噫，呼呼呼！」

有一隻如同手掌大小的金色貓頭鷹，展翅從天而降，停棲在大大巫婆的手臂上。不同於拇指貓頭鷹全身圓滾滾的模樣，閱讀角鴞

有尖尖的耳羽，瘦瘦的臉頰，全黑的眼珠看起來深邃又神祕。大大巫婆低頭對著閱讀角鴞一陣低語，閱讀角鴞立即再度展翅飛上天花板，不到幾分鐘，腳爪牢牢的抓住一本厚重的書，放在大大巫婆的手上。

「辛苦你了，謝謝你！」大大巫婆說完，從口袋裡拿出一隻肥老鼠，丟給閱讀角鴞。閱讀角鴞俐落的用雙爪接住，發出低沉的咕嚕聲，表情滿意的飛上天花板。

「沒想到這麼小的貓頭鷹，能抓得牢這麼厚的書。」儘管閱讀角鴞已經消失無蹤，林捷還是驚訝的望著天花板。

「閱讀角鴞是咒語書區的專屬守衛，也是最棒的圖書管理員；他們對書區裡每一本書的位置瞭若指掌，而且腳爪的力量驚人，可以穩健安全的把書送到需要的讀者手上。」小小巫婆說。

此時，林宜看著大大巫婆手上的書，好奇的問：「大大巫婆，你讓閱讀角鴞帶來的書，是不是跟《白雪公主》有關呢？」

「沒錯，這本是《白雪公主咒語研究專書》，是很多重量級巫婆與魔法師的研究結果，希望能找到一些線索。」大大巫婆一邊說，一邊打開書。當她打開書，旁邊突然出現一個發光的球體，散發柔和溫暖的光芒照亮書頁，讓林捷和林宜發出驚呼聲。

「這是照明蟲組成的照明球，在圖書館木裡打開任何一本書，照明球就會自動發光。」小書籤解釋之後，林宜仔細的看著球體，果然裡面有許多小小的發光點正在緩緩的蠕動。

一旁的林捷用眼角餘光瞄了一眼大大巫婆正在翻的書頁，讓他嚇了一大跳，他驚聲大叫：「書上的字像蚯蚓一樣，正在動呢！」

「魔法書上的字會動，是很正常的事呀！」大大巫婆回答。

「看起來好有趣呀！可惜我看不懂這些字，真希望能看懂魔法書裡的內容！」林宜一臉羨慕的說完，發現彩花籽突然飛到她的肩膀上，停留一下之後，又飛到大大巫婆手上正在翻閱的書頁。林宜發現彩花籽沒入書頁中，變成影子，開始在字句間移動。本來林宜以為彩花籽正跟隨著大大巫婆的閱讀視線，和大大巫婆一起閱讀這本書，但是她突然驚訝的發現，書上那些像蚯蚓一樣彎彎曲曲，而且會來回扭動的字，一個個跳進她的腦袋裡，變成有意義的字句。

「大大巫婆，我覺得我好像看得懂這一頁的文字了。」林宜忍不住開口說。

「哦？你看到了什麼？」大大巫婆看著林宜說。

「這一行字寫的是：『學習魔法的動機很重要，如果像壞皇后一樣，因為嫉妒白雪公主的美貌，所以施魔法害人，這樣最終還是會被魔法之神懲罰，招致不幸的結局。』大大巫婆，內容是這樣的描述，對嗎？」林宜滿臉欣喜的說。

大大巫婆和小小巫婆驚訝的看著林宜說：「對！對！對！」

「你怎麼突然看得懂魔法書？」林捷問。

「我猜是彩花籽的關係，因為我發現只有彩花籽飛過的字句，我才看得懂。彩花籽好像是魔法書翻譯機呢，好有趣！」林宜說。

「可是，我也看得到彩花籽，卻看不懂魔法書，這是為什麼呢？」林捷露出失望的表情。

「我想應該是因為林宜曾經和彩花籽共讀過《愛麗絲夢遊仙境》這本書，所以林宜和彩花籽建立了心靈相通的管道，尤其是對閱讀的渴望——林宜剛剛應該很想知道魔法書的內容，對吧？」小書籤說完，林宜立刻點頭，但是在一旁的林捷一臉不服氣的說：「當時我也和彩花籽共讀過《愛麗絲夢遊仙境》呀！為什麼我不能和彩花籽建立心靈相通的管道呢？」

「會不會是因為我先遇到彩花籽，和彩花籽一起閱讀的時間比較久，所以比較容易讀懂魔法書呢？」林宜說。

「這是一種可能，不過還有另一種可能——林宜有閱讀魔法文字的天分。」小書籤說。

「能夠閱讀魔法文字，真好！」林捷滿臉羨慕的說。

「即使是雙胞胎，每個人的天賦也不同；林捷，你應該有別的天分，只是還沒被發現而已。」小書籤說。

此時，林宜突然睜大眼睛，盯著書本上方約十公分的地方，接著說：「咦，有個金色透明泡泡正從這句話飄出來，彩花籽也跟著飛出來了，泡泡裡面好像有東西在跳動。大大巫婆，這是什麼？」

「泡泡？哪裡有泡泡？」大大巫婆疑惑的說，小小巫婆也搖搖頭說：「我也沒看見。小書籤，你看見了嗎？」

小書籤沒有直接回答，而是看著林宜說：「林宜，等一下泡泡會破掉，你仔細看清楚裡面飛出來的東西！」小書籤一說完，泡泡果然破掉。林宜集中精神仔細看，從裡面飛出來的是魔法文字，像小蟲一樣扭來扭去，彩花籽也在其中穿梭飛舞。林宜瞬間覺得那些字的意義像熱鍋裡的玉米粒一樣，在腦子裡嗶嗶剝剝的炸開成爆米花，她驚喜的大喊：「我讀懂了，那些字是『嘩啦拉，發啦啦，舞啦啦，莎啦啦，哇啦啦，乖乖聽指令，什麼話通通都說出來！』」

「那是魔法師隱藏在書裡的特殊咒語，要極有魔法天分的人才能閱讀，這咒語連我和大小巫婆都讀不出來呢。林宜，你真是太棒了！」小書籤一臉興奮的說。

「如果沒有彩花籽，我想我應該看不懂魔法書。」林宜說。

此時，彩花籽突然飛到林捷的口袋旁邊，來回不斷的飛舞。

「彩花籽為什麼突然飛到我旁邊呢？是因為這本書嗎？」林捷一邊說，一邊拿出口袋裡的《白雪公主》，彩花籽立刻鑽入書中。

當林宜想仔細看彩花籽鑽入書中的動態時，突然有人用低沉又冰冷的聲音說：「太好了！我需要的東西都到齊了！喂，大小巫婆姊妹，把東西交出來吧！」

「你是誰？好大的膽子！竟敢擅闖圖書館木咒語書區！」小書籤

神色警戒的怒斥。所有的人四處搜尋聲音的來源，只發現一道黑影出現在林捷背後的書牆上。

「我本來就住在咒語書區，應該說被困在咒語書區。大小巫婆姊妹，快把東西給我！」

大大巫婆聽到聲音，激動的握住拳頭說：「原來是你！你把我綁走，現在還想綁架小小巫婆，太卑鄙了！」

「卑鄙又怎麼樣？快把東西拿出來，不然，休怪我做出不理智的事情，要不要試試看呢？哇哈哈！」黑影因為狂笑不止，墨黑色的身體誇張的顫動著。

「東西在這裡！」小小巫婆拿出蒐集到的七顆檸檬軟糖雨滴和一

杯蜂蜜海洋水。

「小小，不要拿給他！」大大巫婆憤怒的說。

「大大，我們不能再冒失去彼此的風險，還是把東西給他吧！」

小小巫婆說完，趕緊把手中的東西交給黑影。

「很好！接下來就輪到書偵探了。」黑影轉頭看著林捷和林宜，說：「你們兩個，把《白雪公主》交出來吧！」

「你怎麼知道我們身上有書？你就是控制我的同學梁智雄的那個人吧！」林宜的聲音聽起來很激動。

「書偵探，不要囉唆問多餘的問題！快點把書拿出來，打開皇后知道白雪公主要和王子結婚那一頁！」黑影說。

林捷很想知道黑影的動機是什麼，到底為什麼他要威脅這麼多人？他小心翼翼的把書從口袋裡拿出來，才一打開書，拇指貓頭鷹就飛出來，一邊往黑影身上衝，一邊大喊：「可惡的傢伙！我不會讓你破壞這本書的！」但黑影只是舉起手輕輕一揮，拇指貓頭鷹像是被擊中的雞蛋，砰通一聲，掉落地面。

林宜立刻衝上前把拇指貓頭鷹撿起來，她發現貓頭鷹的雙眼緊閉，連呼吸都變得很微弱。林宜一下子變得非常憤怒，她用帶著怒氣的眼神瞪著黑影。

黑影開口說：「別緊張，我只是讓這個小傢伙暫時睡一下，他實在太吵了。現在請把檸檬軟糖雨滴放入蜂蜜海洋水中，數到九十九，然後倒在書上。」

儘管不情願，小小巫婆為了大家的安全還是照著做。林宜看著小書籤，希望小書籤說點什麼來阻止這件事，但小書籤只是雙手抱胸，神色嚴肅的看著小小巫婆數數。林宜又看看林捷，林捷也對她搖頭示意，林宜明白哥哥要她此時別輕舉妄動。

「……九十七、九十八、九十九！」小小巫婆深吸了一口氣，緩緩的把手上杯子裡的液體倒在攤開的書頁上。出乎林捷和林宜的意料，液體沒有讓書本溼透，書本反而發出亮光；一開始只是微微的發亮，接著似乎有光線從書中的某處散發，而後愈來愈亮，最後光線照射到書牆上的黑影。黑影逐漸脫離書牆，一個高大圓胖的男人從書牆中走出。

「哈哈哈，我終於可以重獲自由了！」林捷發現，這個男人不僅眼睛細細小小的，連鼻子、嘴巴和耳朵也都特別小，皮膚卻十分光亮，整個人似乎散發著光芒。

小書籤看著這個男人說：「你到底是誰？你居然敢威脅大小巫婆姊妹，難道不怕圖書館木調查法庭的制裁嗎？」

「堂堂圖書館木的一級館員居然不知道我是誰？哈哈，沒關係，我不介意，我知道你們是誰就行了。反正沒人知道我的真實身分，圖書館木裡就沒有人可以制裁我。對了，書偵探小妹，等一下還需要你的幫忙呢！你應該記得你必須修補這本書，對吧？」男人邊說邊拿起《白雪公主》，臉上得意的表情，讓林宜看了覺得胸口有一股怒火被點燃。

「我不想幫你的忙，而且我知道你是誰！」當林宜怒氣沖沖的說出這句話時，林捷看著林宜，露出不可置信的表情。其實，連林宜心底都覺得很驚訝。

第七章
近在眼前的答案

那個男人聽到林宜的回答，立刻皺起眉頭，眼神變得陰沉，連皮膚的光澤也黯淡不少，整個咒語書區的空氣也跟著變得又重又冷。林捷擔心男人會因此惱怒而傷害林宜，他立刻拉起林宜的手，想把妹妹拉到自己背後。但是林宜卻不願意移動腳步，反而向前一步，走向男人。

「好吧，我就聽聽看你的答案。」男人低頭看著林宜說。

「你應該是魔鏡先生，對吧？」林宜一說完，立刻就知道自己的答案是對的——因為那個男人原本細細小小的眼睛睜大了一倍，嘴巴張開，身上的光芒更為明顯。

「你怎麼知道我是誰？沒錯，我就是魔鏡！幾百年來，除了一個厲害的魔法師發現我的存在，對其他人來說，我只是《白雪公主》裡壞皇后的小道具而已。大家只注意白雪公主最後跟王子結婚，過著幸福快樂的生活，壞皇后因此發狂，卻從沒有人注意到魔鏡——也就是我——到哪裡去了。」

林宜鼓起勇氣說：「你這麼了解《白雪公主》的故事，我猜你應該是書裡的一個重要角色；加上你的全身散發光亮，所以我想，你應該是魔鏡先生。還有，雖然我不知道你到底發生了什麼事，但是我想你的眼睛可能出現了問題，才需要大小巫婆幫你帶來檸檬軟糖雨滴和蜂蜜海洋水。」

「所以咕米說他聽到的『眼鏡壞了、狸貓濃湯和瘋米麵包』，應該是眼睛壞了、檸檬軟糖雨和蜂蜜海洋，對嗎？」林捷問。

「是又怎樣？哈，哈，託大小巫婆姊妹的福，我的眼睛終於重見光明！書偵探，還不快點幫我修復這一頁，不然我就在咒語書區掀起一陣魔鏡碎片風暴，讓這些書跟我一樣，全部變成沒用的碎片！」魔鏡刻意挺直身軀，巨大的影子，正好落在瘦小的兄妹身上；林宜低頭一看，發現她和哥哥被魔鏡的影子完全包圍。

「哼！魔鏡！別囂張！既然知道你是誰，我們姊妹不可能讓你在這裡胡作非為！」大大巫婆說完，立刻舉起雙手，大聲的說：「嘩啦拉，發啦啦，舞啦啦，莎啦啦，哇啦啦，乖乖聽指令，什麼話通通都說出來！」

當大大巫婆唸完之後，魔鏡的臉突然扭曲起來，結結巴巴的說：「這，這咒語是……？」

大大巫婆點點頭說：「沒錯，這咒語是書偵探林宜剛剛在《白雪公主咒語研究專書》裡發現的隱藏咒語。經過我剛剛迅速的查了一下，這是馴服魔鏡的咒語！」

「馴服魔鏡？所以魔鏡先生現在必須聽我們的話囉？」林宜一臉驚訝的問。

「沒錯！當年壞皇后就是用這咒語讓魔鏡成為她的專屬魔鏡。魔鏡，現在你得聽從大大巫婆的指令了！」小小巫婆的表情從僵硬轉為輕鬆。

「大大巫婆，你可以請魔鏡先生說明一下，那個利用我們的同學梁智雄來威脅我們的人，到底是不是他？」林宜提出請求，大大巫婆爽快的答應說：「當然沒問題！魔鏡，我命令你回答書偵探的問題！」

不同於剛才霸道高傲的態度，只見魔鏡先生遲疑的說：「我……我不認識梁智雄，也沒有威脅過你們。」

「如果是這樣，為什麼你知道我們是書偵探？還知道我們必須幫忙修補這本書呢？」林宜問。

魔鏡嘆了一口氣說：「說來話長，當年皇后知道白雪公主和王子結婚的消息，因為太生氣，所以拿起頭上的皇冠丟過來，把我砸碎了，並把我丟棄在皇宮外面。變成碎片的我，生活當然過得非常的悽慘，還好有個魔法師經過，把我大部分的碎片蒐集起來，放在這本書裡，讓我可以繼續在故事裡生活。後來這位魔法師把書送進圖書館木的咒語書區，他說這樣對我比較好，從此以後，我就一直被困在咒語書區了。」

「魔鏡先生，你的意思是這位魔法師才是利用梁智雄威脅我們的人嗎？」林捷露出疑惑的眼神問。

魔鏡先生搖搖頭說：「並不是。原本我在書裡過著安穩的日子，

沒想到有一天，另一個魔法師打開這本書，發現我的存在，拿走我身上的一片碎片，從此以後我的視力變得模糊不清。他說如果我想恢復原來的樣子，就必須聽從他的指令，在咒語書區等你們來。」

聽到魔鏡這一番話，大大巫婆也忍不住問：「魔鏡哪！當年到底是不是你把我從圖書館木鄉架出去？」

魔鏡搖搖頭說：「不是，不是我。是那個魔法師交代，只要我照做，你們一定會乖乖聽話，幫我把眼睛治好。而且他要求我，不管你們問什麼，我都要承認是我做的。」

「可是，治療你的眼睛最快的方法，應該是把所有的碎片還給你，而不是取走碎片呀！」小小巫婆生氣的大喊。

此時，魔鏡像洩了氣的皮球一樣，他頹坐在地上說：「我也知道，但是他說他只是借用一下碎片，只要我配合他的計畫，我就能恢復原來的樣子。」

大大巫婆接著問：「你知道那個魔法師是誰嗎？」

「唉，如果我知道就好了。自從被壞皇后摔碎之後，我就喪失了從前無所不知的能力，

也因此沒機會看到那個魔法師的長相。」魔鏡說完，又深深的嘆了一口氣。

大大巫婆不死心的問：「可以進出圖書館木的魔法師，都有登記資料，也有影像聲音紀錄。魔鏡，你記得他的聲音嗎？」

「我當然記得他的聲音，但是他的聲音透過風之吸管傳送，恐怕和他原來的聲音相差很遠。」魔鏡露出絕望的表情。

「什麼是風之吸管？」林捷問。

「是一種叫作『風之草』的莖，聲音透過風之草的莖，會變得和原來不同。我和大大小時候常用這種草來惡作劇。」小小巫婆解釋。

「很簡單，如果把所有魔法師的聲音檔案透過風之吸管放出來聽，魔鏡先生應該可以聽出威脅你的魔法師的聲音吧？」

「可以試試看！小書籤，你有權限拿到讀者資料，對吧？事不宜遲，馬上把讀者資料拿過來吧！」大大巫婆露出欣喜的眼神。

但是小書籤卻是一臉為難的神情說：「要取得讀者資料，必須全體一級圖書館員開會同意才可以，否則我會被卸除圖書館員的職務。而且通常會議必須提前一個星期通知。很抱歉，我沒辦法馬上取出讀者資料，並提供給大家使用。」

「就算緊急狀況也不行嗎？」大大巫婆皺著眉頭問。

「就算是緊急狀況，也得先找到其他的一級圖書館員，大家都同意了，才能進行。」小書籤一臉無奈的說。

「眼看答案就近在眼前，居然不能立刻揭曉，真是讓人不甘心哪！」大大巫婆氣得用力跺腳。

第八章

意外的結果

原本以為就要找出威脅綁架大小巫婆和控制梁智雄的幕後黑手，但是因為魔鏡先生被摔碎，無法認出那個魔法師的樣子，大小巫婆的臉色變得十分凝重，小書籤和小書丸沉默不語，林捷也陷入思考之中。過了一會兒，林宜忍不住開口問：「請問一下，魔鏡的碎片還會有魔力嗎？」

「有，不過當然沒有完整的鏡子那麼厲害。」魔鏡抬頭說。

「如果用魔鏡碎片做成眼鏡，透過鏡片或許可以知道很多事情的答案，對吧？」林宜說。

「嗯，是有可能。」魔鏡點點頭。

林宜接著說：「那麼，透過碎片做成的眼鏡，有可能可以看出誰摸過這本書，或是誰把書從圖書館木帶走嗎？」

魔鏡露出猶豫的眼神說：「我也沒把握，因為連我自己都無法得知那個人是誰。」

「嗯，如果用了魔鏡的碎片做眼鏡，再加上追蹤尋人咒語，應該可以得到一些線索。」小小巫婆面露希望的說。

「魔鏡，你願意借幾片碎片給我們嗎？」小書籤問。

魔鏡嘆了一口氣說：「事到如今，不願意也不行，對吧？」

「那是當然，你把碎片借給我們，或許可以將功折罪；如果你妄想逃走，不用等圖書館木的管理委員會發布追緝令，我就直接用咒語把你磨成細沙，讓你永遠都不能恢復原來的樣子！」大大巫婆雙手抱胸，嚴厲的說。

魔鏡立刻起身站立，從口袋裡掏出幾片鏡子碎片，遞給大大巫婆說：「用完一定要還給我，我不能再讓碎片遺失了。」林宜發現魔鏡身上的光更加微弱，身體似乎也縮小了一號。

大大巫婆把碎片放在小小巫婆的手心，接著低聲唸唸有詞。這一次林捷和林宜完全聽不懂大大巫婆的咒語，只覺得一會兒像風聲呼呼吹，一會兒又像烈火熊熊燃燒木柴的聲音。不久，小小巫婆的手上出現一團火焰，又在幾秒鐘之後，自動熄滅——一副追蹤魔法眼鏡出現了。大大巫婆戴上眼鏡，拿起書，看了又看，林宜從她皺成一團的眉頭看得出來，結果並不順利。但是大大巫婆絲毫沒有想放棄的意思，開始從書的封面到封底，一頁頁的仔細閱讀，連圖都不放過。其他的人也只能屏住氣息，在一旁安靜的等待結果。

「唉！」一會兒之後，大大巫婆取下眼鏡，重重的嘆了一口氣。

「什麼都沒看到嗎？」小小巫婆急著問。

大大巫婆搖搖頭說：「也不是都沒看見，我看見了一些模糊的影子，但是那些影子難以辨識，等於沒看到！也許應該讓小書籤看看，說不定他可以看得更清楚。」

「我？好吧！我來試試看。」小書籤接過眼鏡戴上，仔細的把書看一遍，可惜看完之後，他也搖搖頭說：「真抱歉，我也看不出來。但是，我總覺得那個影子的身形有一點眼熟，但我就是想不起來究竟是誰。我看，只能等我和其他的一級圖書館員開會之後，調出讀者資料再繼續調查。」

此時，林捷開口說：「請問，我可以試試看嗎？」

「你？可是，你是……」雖然小小巫婆話沒說完，但是林捷知道小小巫婆想說的是「人類」兩個字，他故作輕鬆的說：「我妹妹林宜也是人類，可是她讀出了你們讀不出的魔法咒語，說不定我也可以讓這副眼鏡發揮功效。」

大大巫婆點點頭，轉頭看著小小巫婆說：「沒關係，林捷說得有道理，就讓他試一試吧。雖然林捷是人類，但他也是圖書館木的書偵探，說不定他擁有我們不知道的能力。」

小小巫婆把眼鏡遞給林捷，林捷小心翼翼的戴上眼鏡。不同於一般的眼鏡，林捷無法透過這副眼鏡看到周遭的影像，只看到一團銀色的漩渦；銀色的漩渦愈來愈大，大到幾乎要包圍他。林捷想起白雪公主的故事情節，忍不住開口說：「魔鏡啊，魔鏡，請問拿走了這本書，讓魔鏡先生對大家說謊的人，到底是誰？」說完之後，他覺得自己似乎被捲進漩渦裡，耳邊充滿大家的驚呼聲，還有妹妹的呼喊聲。他立刻伸手，緊緊抓住妹妹林宜的手。不知道過了多久，銀色漩渦終於消失了。但讓他驚訝的是，眼前不是圖書館木裡

的咒語書區，而是學校的走廊。

「你們終於回來了！」林捷和林宜一定神，就看到梁智雄站在他們面前。

「到底是怎麼回事？一切都是你搞的鬼嗎？」林捷生氣的對著梁智雄說。

梁智雄走向前一把取走林捷臉上的眼鏡，戴在自己臉上說：「哈哈！太順利了，沒想到你們真的利用魔鏡做出一個魔法工具，並把它帶回來了！」

林捷大聲的說：「你到底是誰？」

「你忘了你在圖書館木裡問了魔鏡什麼問題？」梁智雄說。

「原來，你就是指使魔鏡先生的人！」林宜氣憤的說。

林捷防衛性的將妹妹拉到自己身後，然後對著梁智雄說：「你怎麼知道最後是我會戴上這副眼鏡？」

「因為我知道你和林宜都是愛看書的孩子，對於白雪公主故事裡的情節一定十分熟悉。不管是你或是林宜使用魔鏡製成的魔法工具後，一定會說出『魔鏡啊，魔鏡，是誰拿走了這本書，並讓魔鏡先生對大家說謊？』我只要利用這句話讓你們回到學校來找我，這樣我就可以輕鬆拿到這個魔法工具了！而且既然你們兩位被小書籤選為書偵探，除了是愛書人之外，也應該具備某種特殊的能力，只是需要經歷不同的事件，才能被發現。看來，我的猜測沒錯——林捷擁有的是操作特殊魔法工具的能力。」

看到梁智雄那張得意大笑的臉，林宜忍不住想衝上前去、一把奪下眼鏡，卻被哥哥林捷緊緊拉住，林宜只能氣得大喊：「你這個卑鄙的賊！」

梁智雄收斂起笑容，把食指放在嘴脣邊說：「噓，雖然時間還在靜止狀態，但是也快結束了，等一下就會恢復正常。現在還不能告訴你們我是誰，我只能告訴你們，你們的同學會平安無事。這副眼鏡先借我用一下，以後我會親自還給魔鏡。你的口袋裡有一小片魔鏡碎片，以後遇到魔鏡，記得還給他喔。我們一定還會再相見，後會有期！」

「等一下！我還有問題要問！」林宜大聲的說。

梁智雄推了推眼鏡說：「我知道，你想問是不是我綁走大大巫婆，和偷走那本有真正魔鏡碎片的《白雪公主》？沒錯，都是我。但是，我沒有傷害大大巫婆，也讓那本書平安的回到圖書館木裡，魔鏡暫時在咒語書區會很安全的。這樣解釋，你應該滿意了吧？」

「你不是已經有魔鏡碎片了嗎？為什麼不直接將它製成眼鏡，還要大費周章的讓我們帶著書去一趟圖書館木？」林捷問。

「為了答謝你們的幫忙，就告訴你們一個祕密吧。因為我不會追蹤咒語，只有巫婆才會；少了巫婆的追蹤咒語，這副眼鏡就不可能發揮作用。真的沒時間了，我得快點離開，再會，兩位書偵探！」

說完，梁智雄就像一陣煙似的消失無蹤。也在此時，林捷和林宜聽到上課鐘聲響起，屬於原來世界的聲音再度出現。

「先回教室再說吧！」林捷拍拍林宜的肩膀說。

「等一下！」林宜雙手探進自己的外套口袋，果然在右邊的口袋裡摸到一小片玻璃。取出來看，是一片橢圓形的銀色玻璃，邊緣十分平滑，一點都不扎手。

「這真的是魔鏡的碎片嗎？」林捷拿起林宜手上的銀色玻璃，放在自己的手心；玻璃在陽光的照射下閃閃發光，甚至微微的發熱。

「你們在看什麼啊？」兄妹倆轉頭後驚訝的發現，說話的竟是梁智雄。

「你不是走了嗎？」林宜怒視著梁智雄說。

「我？我才剛來呀。我只是趁下課時間出來上廁所，剛好經過這裡。」梁智雄露出不好意思的笑容。

「你……你真的是梁智雄嗎？」林捷緊盯著梁智雄的眼睛，試探性的問。

「呵，林捷，你的眼睛有問題嗎？我就是梁智雄呀，好奇怪的問題！哇，糟了，上課鐘聲響了，要快一點回教室，不然會被老師罵喔。」梁智雄說完，立刻轉身跑回教室。

林捷看著梁智雄的背影，再看看林宜，兄妹倆都很清楚，那個原來的梁智雄回來了。

林捷開口說：「希望班上同學們不會覺得梁智雄莫名其妙才好。」

林宜搖搖頭說：「說不定那個魔法師會施魔法讓大家都忘記這件事——發生這麼多事之後，我覺得什麼事都有可能發生呢！」

林捷看著林宜好一會兒，先是點點頭，然後又搖搖頭。林宜驚訝的看著林捷說：「哥哥，你不同意嗎？你覺得我說錯了嗎？」

「其實，我的想法和你一樣。不過，我突然覺得這次到圖書館木的旅程，你比我還勇敢呢！不但敢直接面對高大的魔鏡先生，最後面對那個魔法師，也一點都不害怕。從小到大，你一直都是個膽子很小的女生，遇到陌生人總是躲在我的背後。所以我心裡覺得真是不可思議，才又搖搖頭。」林捷覺得自己的心情很複雜，很難用語言說清楚。

林宜露出緬靦的笑容說：「其實，我自己也嚇了一跳，不知道我怎麼敢罵那個魔法師是『卑鄙的賊』？可能是我實在太生氣了。奇怪的是，當我直接說出心裡的想法時，反而不覺得害怕。」

「看來，你真的變得更勇敢了！」林捷想伸手輕拍林宜的頭，才發現那一小片銀色玻璃還在自己手上。

林捷把銀色玻璃放回林宜的手上說：「上課了，一起快跑回教室吧！」林宜點點頭，雙手緊緊握拳，確定那一片銀色玻璃在右手手心，然後跟隨在林捷之後，快步奔回教室。

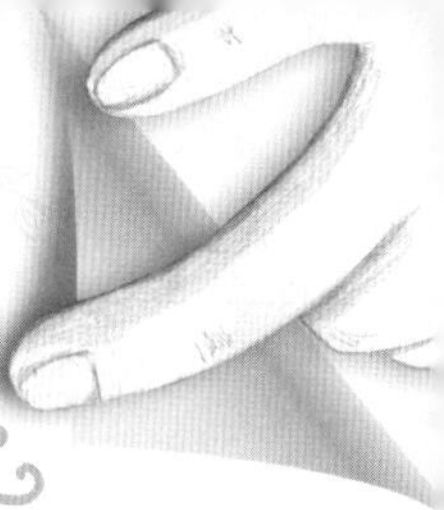

番外篇

拇指貓頭鷹的超級任務

我是咕米，是一隻拇指貓頭鷹。在魔法世界裡，所有的魔法師都知道，拇指貓頭鷹只有拇指般大小，是魔法世界中體型最小的貓頭鷹，也是最佳的魔法書守衛者。

我出生在世代守護珍稀魔法書的拇指貓頭鷹家族，我的爺爺名為咕法，爸爸是咕天，大哥叫做咕麥，都是赫赫有名的魔法書守衛者。雖然我是家族中最年輕的拇指貓頭鷹，但是基於家族光榮的傳統，我從小就立志成為優秀的魔法書守衛者。

不過，到了魔法書守衛訓練學校第一天，我就遇到了一個天大的挫折與難題。擔任魔法書守衛者，必須有極佳的聽力與視力，雖然拇指貓頭鷹天生就有優於其他貓頭鷹的聽力與視力，但是還是有少數的例外。

剛入學做聽力測驗時，在我左邊的嘿梅可以聽到一公里外的老鼠呼吸聲，是第一名；在右邊的亞呼則可以聽到九百公尺外的老鼠打呼聲，是第二名。而我只能聽到一百公尺外的老鼠吱吱聲，是第三名。我們班只有三個學生，也就是說，我是最後一名。更糟的是，我被校醫判定聽力有問題。幸好拇指貓頭鷹的聽力可以經由訓練，變得愈來愈好。父親再三跟校長保證，我一定會非常努力鍛鍊聽力，認真學習魔法書守護者所有的課程，才沒有失去就學資格。

為了成為一名優秀的魔法書守衛者，我白天認真學習學校課程，晚上努力的鍛鍊聽力，每天做耳朵運動，小心的保護我的耳朵。一開始，我請母親把我最愛的食物——香甜多汁的倉米鼠，藏在三百公尺遠的地方，找不到倉米鼠，我就得餓肚子。

一開始，我餓了六餐，還是找不到倉米鼠，母親看我餓得頭昏眼花，覺得很不忍心，本來想把倉米鼠移到離我比較近的地方。但是我堅持要從三百公尺開始鍛鍊，沒想到因為過度的飢餓，聽力突然變得敏銳起來。雖然聲音很微弱，但是我還是聽到了倉米鼠的叫聲，順利找到食物，這一餐對我來說，勝過這輩子所有的美味，因為我突破了自己，真是太美好了！就這樣，我的聽力從原來的一百公尺，突破為三百公尺，在畢業考之前，我已經順利把自己的聽力鍛鍊得和嘿梅一樣好了。

畢業考的挑戰是找出一公里外的珍稀魔法書，魔法書會散發出特殊的味道，書中的內容會因為魔法，發出聲響或是低語。只要靠著敏銳的聽力與嗅覺，順利找到魔法書的拇指貓頭鷹，就能得到畢業後第一份工作。對我來說，這是重要的關卡。幸好，因為持續的努力，終於打敗勁敵嘿梅，搶先一步找到初版的《白雪公主》，這本書因為製作的紙漿來自珍貴的圖書館木，具有特殊魔法，是圖書館木重要的藏書，也是眾多魔法師想珍藏與閱讀的重要書籍，我現在是這本書的守衛者，誰也別想動這本書的歪腦筋，聽到了沒？

讀書會

閱讀完《偷書賊、咒語書與大風吹車站》，是不是對故事中的歷險意猶未盡呢？這一次林捷與林宜不得不接受神祕魔法師的委託，也因此要完成任務而被帶到大風吹車站與圖書館木的咒語書區，一個又一個的任務是不是讓你也覺得非常刺激呢？

繼續往下看，還有更多刺激的任務等著你喔！

遊戲準備

活動設計／**溫美玉**（臺南大學附設實驗小學教師）

1 影印書中出現角色的插圖頁。初階遊戲：影印本書插圖頁面。進階遊戲：影印全系列四書插圖頁。

2 製作「任務卡」共八張，題目後附件一。

3 製作「命運卡」共九張，題目後附件二。任務卡及命運卡裁切後，題目正面朝下，放置於桌面正中央。

4 破任務錦囊：情緒／性格／觀點句列表。（影印後使用，提供給每位玩家一人一張）。

遊戲規則

※玩家人數：3~5人，可猜拳由其中一人當裁判。（裁判須熟悉故事，負責評論玩家答案完整度與正確度。）

1 將插圖正面朝下蓋著，讓玩家依序抽取一張圖。

2 接著再抽「任務卡」，看圖回答任務卡的問題，回答出完整答案後（並由裁判認定通過），則那張插圖就屬於該位玩家的。

3 抽到的任務卡後面有附註：「抽一張命運卡」的玩家，可於完成任務後，再抽一張命運卡。遵照命運卡內容，達成命運之神的指示（不一定是好的，就看自己的造化囉！）。

4 最後玩家們抽完桌面上所有插圖後，可計算每人得到的插圖張數，得到最多的人獲勝。

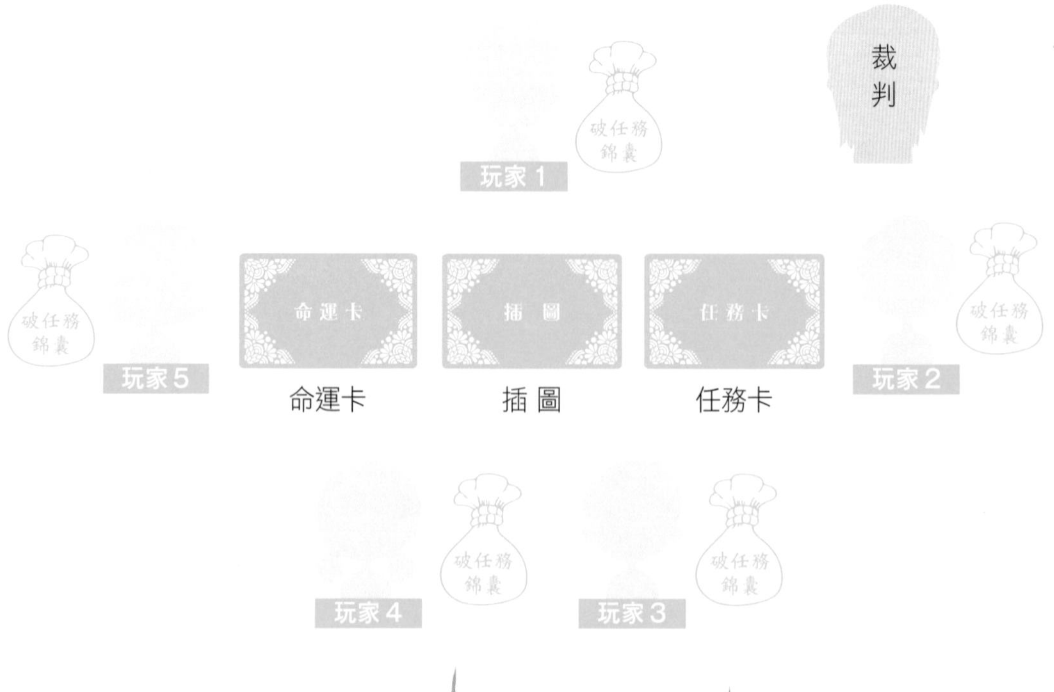

★附件一：任務卡

根據故事內容，請說出你抽到的這張圖是發生了什麼事？

圖中出現的角色是誰？具備什麼性格？你從書中什麼地方看出來？

【命運之神的指示：抽一張命運卡】

請將目前其他玩家手上的插圖拿出來，排出事件發生的前後順序。

圖中出現的角色有什麼魔法？
請說出他用這個魔法做的一件事。

【命運之神的指示：抽一張命運卡】

圖中事件發生時，每個角色當下各有什麼情緒？為什麼他們有這個情緒？

請說出圖中其中一個角色的外型特徵，說得愈清楚愈好。

【命運之神的指示：抽一張命運卡】

用「我推斷……因為……」句型說出你對書籍內容的觀點（關於角色、劇情、插圖等都可以）

書中有哪些魔法小道具？請說出其中一個，並說出它的外型、功能等。

【命運之神的指示：抽一張命運卡】

任務卡

任務卡

任務卡

任務卡

任務卡

任務卡

任務卡

任務卡

★附件二：命運卡

讓前一位玩家再抽一張任務卡＋回答手上其中一張插圖的問題。

選一位玩家，指定他手中的其中一張卡片，並指派任務讓他回答。

與坐你右邊的玩家交換插圖。

你左邊的玩家要送一張插圖給你，但你要抽任務卡＋回答關於該插圖的問題。

指定一位玩家，在下一輪必須暫停一次。

與最多插圖的玩家PK：限時3分鐘，說出他手上的插圖分別發生什麼事件，3分鐘內講完的那幾張插圖就會變成你的。

挑戰用「正向／中立／負向觀點句型」各說出一句你對書籍內容的想法，達成挑戰者，其他玩家必須各給你一張插圖做為獎勵。

今天當個好人吧！送一張插圖給目前獲得最少圖的玩家。

其他玩家各選一個「觀點句型」，說出對書籍內容的想法。為了獎勵他們，你必須各給他們一張插圖（不夠的話，就先賒著下輪再還吧！）。

（這一張命運卡交由你自己設計。）

命運卡

命運卡

命運卡

命運卡

命運卡

命運卡

命運卡

命運卡

命運卡

命運卡

附件三：破任務錦囊

	情緒	性格（正、反大 PK）							
正向	快樂、愉快、高興、驚喜、痛快、狂喜、舒服、放鬆、感動、平靜、幸福、期待、滿足、充實、解脫、貼心、安心、希望、驚訝、滿足、充實、感激、期待、自豪、安心、解脫、自得其樂	專注	浮躁	勤勞	懶散	自信	畏縮	體貼	冷酷
		熱情	冷漠	害羞	大方	保守	前衛	輕浮	穩重
		慈悲	殘暴	堅持	逃避	率真	固執	活潑	拘謹
		冷靜	武斷	果決	囉嗦	謹慎	隨便	耐心	草率
		勇敢	膽小	獨立	依賴	謙虛	驕傲	慷慨	小氣
		禮貌	粗魯	主動	被動	耐心	暴躁	自律	貪心
負向	難過、失望、疲憊、委屈、孤單、悲傷、害怕、不安、緊張、擔心、害怕、驚慌、恐懼、生氣、煩悶、挫折、生氣、憤怒、抓狂、無聊、尷尬、討厭、愧疚、震驚、矛盾、羨慕、後悔、空虛、丟臉、沮喪、懷疑、絕望、無奈	冒險	疑神疑鬼	洞察	吹毛求疵	友善	傷天害理	寬容	嚴厲
		創意十足	墨守成規	省思	自負	聰慧	愚蠢		
壞	嫉妒、自暴自棄、憎恨、絕望、暴怒、怨天尤人								

人物觀點卡

正向	我期待，因為⋯⋯	我喜歡，因為⋯⋯	我同意，因為⋯⋯
中立	我認為，因為⋯⋯	我預測，因為⋯⋯	我推斷，因為⋯⋯
	我的結論是，因為⋯⋯		
反向	我質疑，因為⋯⋯	我不同意，因為⋯⋯	

推薦文

魔法世界有無限可能

◎文／溫美玉（臺南大學附設實驗小學教師）

《神祕圖書館偵探》系列，乍聽之下是個圖書館發生疑案，要由小偵探解謎的推理故事。細讀後發現不完全是如此，它除了「謎」以外，也個充滿想像力的奇幻故事。此系列作品已進入第三集，第一集從林捷、林宜兩位雙胞胎兄妹首次接觸「圖書館木」這個異時空，最後幫助圖書館木中的角色解決困難，成為圖書館木的「書偵探」；接下來便是他們成為偵探後，出新任務的經歷。

第三集故事裡，除了熟悉的雙胞胎兄妹、小書籤、彩花籽和大小巫婆等人外，還新添了忠誠的書籍守衛者咕米，還有與前兩集故事切身相關的重要角色。我特別喜歡書中的魔法設計，不管是超會誤站把乘客送到奇怪地方的「微風列車」、會評估讀者生理狀況自動控制升降的「休憩蛹」等都讓人嚮往。

另外，此集更貼切地與「童話故事」結合，將《白雪公主》故事大大擴張，林佑儒老師帶我們看到原本故事之外的弦外之音，例如：白雪公主和王子結婚後，其他角色後來怎麼了？這些動人的想像力也意外成為劇情真相的關鍵。

除此之外，兩位主角的性格差異、成長進步也在第三集更加明顯，林捷較衝動、正義、充滿義氣，常常想要搶先保護妹妹；林宜則聰明、觀察力細膩，她的細膩逐漸在故事中嶄露頭角，原本的膽小退縮的個性彷彿就縮小了，就像亮點被發現的人，她的亮點擴大，刺眼程度足以蓋過原先的弱點。雙胞胎兄妹的天賦隨著內容發展逐漸被掀開，似乎告訴我們：每個人都有無限可能，就算是區區人類，也可能擁有獨一無二的能力呢！

不過，作者可是繼續埋著伏筆，預告還有下一集——魔王後面有大魔王，小真相後還藏著更大的真相，快跳入第三集的世界，和我一樣，再度被吊盡胃口吧！

神祕圖書館偵探3

偷書賊、咒語書與大風吹車站

文｜林佑儒
圖｜25 度

責任編輯｜楊琇珊
美術設計｜蕭雅慧
電腦排版｜中原造像股份有限公司
行銷企劃｜陳雅婷

發行人｜殷允芃
創辦人兼執行長｜何琦瑜
總經理｜袁慧芬
副總經理｜林彥傑
總監｜林欣靜
版權專員｜何晨瑋、黃微真

出版者｜親子天下股份有限公司
地址｜台北市 104 建國北路一段 96 號 4 樓
電話｜（02）2509-2800　傳真｜（02）2509-2462
網址｜ www.parenting.com.tw
讀者服務專線｜（02）2662-0332　週一～週五：09:00~17:30
讀者服務傳真｜（02）2662-6048
客服信箱｜ bill@service.cw.com.tw
法律顧問｜台英國際商務法律事務所 ・ 羅明通律師
製版｜中原造像股份有限公司
印刷｜中華彩色印刷股份有限公司
總經銷｜大和圖書有限公司　電話：（02）8990-2588

出版日期｜ 2018 年 4 月第一版第一次印行
2020 年 8 月第一版第十一次印行
定　　價｜ 260 元
書　　號｜ BKKCJ045P
I S B N　｜ 978-957-9095-40-2

訂購服務
親子天下 Shopping ｜ shopping.parenting.com.tw
海外 ・ 大量訂購｜ parenting@service.cw.com.tw
書香花園｜台北市建國北路二段 6 巷 11 號　電話（02）2506-1635
劃撥帳號｜ 50331356 親子天下股份有限公司

國家圖書館出版品預行編目資料

神祕圖書館偵探3：偷書賊、咒語書與大風吹車站／林佑儒文；25度圖. -- 第一版. -- 臺北市：親子天下, 2018.04
144面；17X21公分. --（樂讀456系列；45）
ISBN 978-957-9095-40-2（平裝）

859.6　　107002085